시절여행

시절여행

2025년 3월 21일 초판 1쇄 인쇄 발행

지 은 이 | 김경곤
펴 낸 이 | 박종래
펴 낸 곳 | 도서출판 명성서림

등록번호 | 301-2014-013
주   소 | 04625 서울시 중구 필동로 6 (2, 3층)
대표전화 | 02)2277-2800
팩   스 | 02)2277-8945
이 메 일 | msprint8944@naver.com

값 10,000원
ISBN 979-11-94200-74-1

김경곤 제1시집

시절여행

도서
출판 **명성서림**

첫 시집을 내면서

땜장이 시인·청곡靑鵠 김경곤

저자는 경북 의성에서 태어나 중학교 때까지 농촌의 자연 속에서 맘껏 뛰놀며 자랐으며 고등학교 때는 기숙사 생활하며 국비장학생으로 다녔다. 군대는 통신 기술 부사관으로 5년간 복무하면서 전자산업기사와 정보통신산업기사 자격증을 취득했다. 전역 후에 대기업 및 중소기업에서 25년간 자동화 분야에 종사하며 노하우(know-how)를 습득하였다. 현재는 실무경험을 바탕으로 케이3테크(K3테크)를 13년째 운영 중이며 틈틈이 시를 창작 중이다.

저자는 2003년부터 시를 취미 삼아 조금씩 습작하면서 죽기 전에 한 권의 시집을 꼭 남기고 싶은 마음이 있었다. 은퇴 후에 무엇을 할지 고민하다가 국문학사 학위를 자신의 환갑 선물로 주고 싶어 한국방송통신대학교 국어국문학과에 입학하여 2023년 하반기 7학기 만에 성적 우수로 조기 졸업했다.

저자는 2023년 말에 [문학고을 57회 전국 공모]에 「가르마」와 「독도 아리랑」을 포함한 5편의 시를 응모하여 신인문학상을 수상함으로써 정식으로 등단 시인이 되었다. 〈문학고을〉은 전국의 엘리트 신인 작가를 발굴하는 등용문이자 전국 단위의 문학 단체다. 시·시조·동시·디카시·수필·소설 창작에 관심이 있는 분은 전국 공모에 응해 보시기 바란다.

『청곡靑鵠 제1시집, 시절 여행』은 네이버 블로그에 그간 써 놓았던 습작 시들과 방송대학교 대구·경북지역대의 문예지인 『반월』에 수록된 시詩들, 〈문학고을〉에 공모한 시들, 『문학고을선집』에 출품한 시들, 최근에 창작한 시들을 총망라하여 총 90편의 시를 창작, 일부 개작·편집하여 수록했다. 시집은 영역별로 삶 편(21)·여행 편(12)·사물 편(15)·참여 편(11)·사자성어 편(14)·신앙 편(17)으로 구성하였다. 삶을 시절 여행하듯이 저자의 상상력을 동원하여 창작한 시들이 대다수다. 특히 신앙 편에는 저자의 삶 속에서 직접 체험하고 경험한 일들을 시와 간증의 형식으로 써 놓았다. 아직은 설익은 과일처럼 풋풋하지만, 사회에 선한 영향력을 끼치고자 저자의 분신과 같은 『청곡靑鵠 제1시집, 시절 여행』을 시중에 처음으로 선보이게 되었다.

　끝으로 시집을 편집하고 출간에 힘써 주신 도서출판 명성서림 관계자분들과 응원 글을 보내준 벗들, 지금까지 묵묵히 내조한 아내와 성실히 살아가는 자녀들에게 지면을 통해 고마움을 전한다. 또한, 이 시집을 사랑의 눈으로 읽어 주실 독자님들께도 무한한 감사의 인사를 건넨다.

2025. 2. 20.

차 례

1부. 삶 편

2부. 여행 편

3부. 사물 편

4부. 참여 편

5부. 사자성어 편

6부. 신앙 편

금호꽃섬 ▲

1부
——
삶
편

행복 만들기

행복은 나그네인가 봅니다
행복은 머물다가 불평하고 투덜대면
행복은 투덜이 집에서 곧바로 떠납니다

행복은 주렁주렁 매달려 있는 포도송이입니다
행복은 누구나 손을 내밀어 따 먹을 수 있지만
행복은 아무나 소유하지는 못합니다

행복은 하늘의 값진 선물입니다
행복은 누구나 받을 수는 있지만
행복은 탐욕을 부리면 사라집니다

행복은 분양받을 수 있습니다
행복은 아집과 이기심의 울타리를 허물면
우리들의 품 안으로 달려와서 웃음을 선사합니다

---

* 2013. 06. 19. 창작.
* "성공한 사람은 최고로 행복한 사람이 아니나, 날마다 행복한 사람은 최고로
  성공한 사람이다." -청곡(靑鵠)-

새벽의 마법

아무도 걷지 않은 새벽길을 혼자 지르밟은 적이 있나요!
당신은 세상을 항해할 기개가 있는 사람입니다

누구도 마시지 않은 새벽 공기를 자주 맛보고 있나요!
세상에서 당신은 부요할 자질이 있는 사람입니다

절망의 나락으로 떨어진 적이 있나요!
당신은 아무나 보지 못한 새벽빛을 본 사람입니다

골이 깊을수록 뫼가 높듯이
새벽을 많이 주울수록 당신의 등불은 더 찬연합니다

* 2024. 8. 20 창작.
* 『문학고을선집 제16호』 출품작(2024)

2017년 12월 5일

우연일까? 필연일까?
2017년 12월 5일
씨실인 희락喜樂의 타래와
날실인 애로哀怒의 타래가 엮인 날

기쁜 날로 보면 아들 녀석 태어났던 날
안타까운 날로 보면 아내 수술받는 날
즐거운 날로 보면 종강 파티하는 날
슬픈 날로 보면 부친의 기일
인생이 이런가 보오!

어느 것이 더 중요할까?
생각 속으로 풍덩
어느 장단에 춤을 출까?
고민 속으로 첨벙
어느 것을 택할까?
고민, 고민하다가
어느 것을 버릴까?
고민, 고민하는 게
인생이 이런가 보오!

14

아침엔 아들 녀석 생일상
낮엔 아내 수술실 곁
저녁엔 종강 식사 자리
밤엔 아버지 기일 자리
최상의 답안이 맞으려나
고민, 고민하는 게
인생이 이런가 보오!

고민, 고민하다가
아침엔 아들놈 축하 문자로
낮엔 아내 수술실 곁으로
저녁엔 종강 파티 불참으로
밤엔 부친 기일 자리로
선택의 답안을 내놓고…
인생이 이런가 보오!

---

* 2017. 12. 1. 창작.

갱년기更年期

방 안에 기다리는 편지 한 통
누가 보냈는지 무기명이다
편지를 뜯어보니 내게 온 편지다
오랜만에 받아보는 편지
언제 보냈는지 날짜도 없다
반갑고 설레는 마음에 펼쳐본 편지!

잠 못 들게 괴롭힐 거라고
갑자기 화가 치밀어 오를 거라고
몸에 열이 오르락내리락할 거라고
삶이 무기력해질 거라고
부부생활이 불편할 거라고
사는 게 재미가 없을 거라고

반갑지 않은 소식
계속 읽으려니 열받는다
편지를 구겨서 던져버렸다

제대로 사달이 났다
너무나 잘 맞아서 신통하다
참으로 편지를 보낸 이가 궁금하다

익명으로 보냈으니
찾을 길 없어 따질 수 없다

시원한 바닷가에서 소리를 질렀다
답답한 마음을 시원한 물에도 적셨다
신나는 음악으로 달래도 봤다
차를 마시며 수다도 떨었다
달콤한 꽃향기에 실어도 봤다

찰거머리처럼 지긋지긋한 녀석!
별짓을 해도 소용이 없다
던져버린 편지가 떠올랐다
읽지 않은 편지가 궁금하다
그나마 위로의 한마디
……

"그래도 남자는 여자보다 낫다."

---

* 2019. 8. 30. 창작.
* 『반월 제37호·2021』 출품작, 일부 개작.

금오산 자락에서

농익은 금오산 자락에 모인 시인들
산마루에서 우아하게 걸어오는 밤공기들
온몸을 포근히 안아 주는 시원한 바람 포기들
추야의 은은한 별처럼 읊조리는 정취들
물보라에 젖어 나오는 잔잔한 가조佳兆들
노을이 익어가는 밤 풍류에 취한 소시민들
시인이 절구絶句질하는 입방아 소리에
초목들도 귀 기울여 음미한다

자연과 인간의 소리가 버무려져
가을밤의 향연을 고소하게 볶아낸다
명금폭포의 목소리처럼 청아한 곡조가
금오산 치맛자락을 한 땀씩 수놓는다

어느 낭송 시인의 시구절이
내 맘을 후비며 들어와 도리깨질한다
안갯속을 헤매던 나에게
내 앞의 주어진 길을
새롭게 천천히 걸어가라고…
감미롭게 솟구치는 전율이
심장 속에서 꿈틀대며 용오름 친다

---

* 2009. 10. 10. 창작, 금오산 시낭송회를 참관 후 쓴 시.

벗

너와 나!
향기로운 커피
부드러운 라테
달콤한 요거트
매콤한 생강차
톡 쏘는 콜라
포슬포슬한 빵
카페의 메뉴들!

너와 나!
편안한 종이 잔
투명한 유리잔
따스한 찻잔
든든한 받침대
널찍한 테이블
고즈넉한 의자
카페의 소품들!

카페 안에
너와 내가 있구나!

* 2023. 10. 18. 창작, 2023 문학고을 57회 공모작.
* 『문학고을 2024. 봄 Vol.11』 수록작, 일부 편집.

나무젓가락 부부

부부는 나무젓가락
하나가 길거나 짧으면 안 됩니다
하나는 연약하지만 둘이라서 단단합니다
둘이라야 서로의 장단을 맞출 수 있습니다

부부는 나무젓가락
반쪽을 일회용처럼 함부로 버리면 안 됩니다
깨끗한 것을 집으면 둘 다 깨끗하지만
불결한 것을 집으면 둘 다 불결해집니다
반쪽으로는 집을 수 없지만
두 쪽으로만 편하게 집을 수 있습니다

부부는 나무젓가락
반쪽은 상대를 찌르는 검처럼 예리합니다
온 쪽은 무뎌서 서로의 상처가 약합니다
외쪽은 찬바람에 나부끼는 잎새 같습니다
두 쪽은 서로의 든든한 다리가 되어줍니다

---

* 2024. 1. 5. 창작, 부부에 대한 성찰과 사유(思惟)의 시.
* 『문학고을선집 제13집 봄』 출품작(2024).

이순耳順의 강을 건너

이립而立의 깃발을 앞세우고
이물에서 노 젓던 불혹不惑의 강
하늘의 명을 받드니
서서히 보이는 신세계!

함성 가득한 물결 소리로
나를 깨우는 이순耳順의 강
굽이굽이 휘휘 돌아
새롭게 다시 선 출발선!

반환점을 돌아서
놀멍쉬멍 갈까나!
엉덩이를 고물에 기댄 채
문연文淵에 드리운 낚싯대

두 갑자甲子 강을 건너려니
살포시 배틀거리는 두 팔
맑은 두 동공에 의지한 채
종심從心의 강줄기에서 뒤뚱거린다

---

* 2023. 10. 30. 창작, 2023 문학고을 제57회 공모작.
* 놀멍쉬멍: 놀면서 쉬면서, 제주도 방언

방귀쟁이 마누라

아침에 일어나 안방에서
우렁차게 빵~
단잠을 깨우는 듯
가죽 나팔 부는 마누라

오줌보 비우러 간 해우소에서
시원하게 뿌앙~
요강단지 깨려는 듯
포사격하는 마누라

요리한답시고 주방에서
경쾌하게 뿡! 뿡!
잰걸음 정박에 맞춰
연주하는 마누라

기침한 낭군이 거실에서
시원하게 뿌웅~
낭군의 기적소리에
삑! 삑! 추임새 넣는 마누라

산보하러 간 길에서
거침없이 빠~앙
달리는 자동차 경적에
화답하는 마누라

하루의 끝자락을 잡은
침실에서 픽~
잠자면서도 피식
웃음 짓는 마누라

다양한 음정·박자에도
냄새 없는 폭약!
보무도 당당한
귀여운 마누라

---

*   2024. 1. 6. 창작, 유머러스하게 지은 시
*   마누라 비하로 오해 금지-아내가 추천한 제목.
*   "오늘도 유쾌하게 웃으며 삽시다."

보무寶娬의 꿈

나풀거리는 날갯짓은
우아한 춤사위처럼 아름답고
잔잔한 나비의 풍파는
심연心淵에 파동을 일으켜
속 뺨을 간지럽힌다

꽃술에 빨대를 꽂고
술에 만취해 비틀거리며
온몸에 분을 묻힌 채
이 술집 저 술집을 기웃거리는
다채로운 나비들의 비행!

세상의 요란함에도
아랑곳하지 않고
안테나를 곧추세워
술 탐지에만 몰입하며
한량처럼 사는 나비들의 삶!

걷지 않으니
다리가 피곤치 않고
고고한 날갯짓으로
세상을 발아래 두니
누구를 부러워하랴!
보무의 꿈은 나비 같은 삶!

---

* 『문학고을선집 제13집 봄』 출품작(2024), 보무: 아닉.

시절 여행

태어나 처음으로
머스마들은 까까머리
가시네들은 단발머리
여섯 줄기에서 한 줄기로
모여든 봉양鳳陽의 샘터

봉기암鳳岐岩 자락에서
털갈이하던 시절
누가 더 컸나?
누가 더 자랐나?
질투하던 설익은 날들!

풍월 읊던 시절을 지나서
파랑새로 날던 청춘들
들꽃처럼
들풀처럼
온누리를 덮었구나!

빛나던 보석도
예리한 검도
갑자甲子의 강을 지나니
한 줄기 햇살에
쓰러지는 무지개!

일용할 한 줌의 양식,
세상을 향한 어진 눈,
함께 걸어갈 벗
셋만 있더라도
부요한 시절이로구나!

---

* 2023. 12. 23 창작, 중학교 동기 모임을 다녀온 후 쓴 시.
* 『문학고을선집 제15호』 출품작(2024).

어버이날 선물

녹색 상자 안에 둘러앉은 과일들
멜론 하나·망고 둘·참외 둘·키위 둘,
오렌지 셋·아보카도 하나·무지개 망고 하나,'
사랑하고 존경합니다' 푯말 하나
토종을 열대과일이 점령한 세상!
빛깔 곱게 한복처럼 차려입고
다채로운 향기를 연주하는
자룡子龍이 보낸 어버이날 선물

첫손에 잡힌 노란색 망고 하나!
껍질을 벗기고 입안에 넣으니
가슴속 옷깃이 사랑비에 젖는다
색동옷 과일 향보다 진한 향은
'사랑하고 존경합니다'라는 문향文香!
하나씩 꺼내어 먹을 때마다
타국에 사는 자식 그리움에
봄볕마저 흐느끼는 어버이날 선물

월랑月娘에게 들려 보내는 봉투 하나!
미수의 홀어머니께 전하는 어버이날 선물
사랑의 카네이션보다 옹골찬 맛은
돈독毒에 빠진 어르신들의 자화상
그럼에도 시절에 인연因緣하여 떠나갈까 애탄다
낭만의 우물보다 더 깊은 웃픈 세상!
주름진 너울이 깊어지고 청춘이 뛰어가니
거부할 맘마저 구멍 난 어버이날 선물

---

*   2024. 5. 8일 창작.
*   자룡(子龍)→큰아들, 월랑(月娘)→아내.

어부사시가漁父事時歌

심연深淵에 유영하던 고니는
음부陰部에서 부모에게 낚여
앵앵거리며 지구촌에 올라왔다

농촌 들녘에 노닐던 고니는
여덟에 배움터에 낚였다
낚여진 수많은 치어稚魚와
열두 해를 어망魚網 안에 살았다

낚시질할 틈도 없이
스물하나에 총잡이에 낚였다
온통 국방색 돼지 새끼들과
다섯 해를 우리에 갇힌 채 보냈다

청춘이 익어가는 스물여섯 무렵에
야생에서 처음으로 대물을 낚았다
이목구비 또렷하고 통통한 규수閨秀였다
어느덧 세월이 흘러
둘이 연합하여
첫수로 용龍을,
둘째 수로 잔나비를 낚았다

꿈 많고 겁 없던 스물여섯에
대물이 즐비한 어장에서
최고의 대어를 낚았다
강산이 한번 바뀌고
두 해가 지나도록
회색 낚싯대로 손발이 바빴다

큰 어장漁場에서 조업을 꿈꾸던 서른여덟에
구제금융 종 쳤다는 떠버리에 낚였다
먹거리 어장에 낚싯대를 드리우다가
구렁이알 같은 미끼만 탈탈 털렸다

잠시 쉬었다 갈 쉰하나에
회색 낚싯대를 다시 끄집어내어
자영업 어장에서 낚시 중이다
잔챙이도 잡히고 대어도 잡힌다

느지막한 쉰일곱에
문연文淵에 낚싯대를 드리운 채
3년째 입질을 기다린다

---

* 2021. 10. 3. 창작.
* 『반월 제37호·2021』 출품작, 일부 개작.

요람에서 무덤까지

나 홀로 강보에 안긴 때
번데기 같던 나만 고고呱呱하고
가족들은 웃었다

배고프다고
배설했다고
아프다고
잠 온다고
요람에서 나만 울었다

옹알이로 말 무늬를 그릴 때
네 다리에서 두 다리로 걸은 때
"엄마! 아빠!"라 처음 부른 때
부모님은 미소를 담아 마셨다

미로의 벽에 갇혀 헤맬 때
실타래에 뒤엉켜 허우적거릴 때
세파에 산산이 부서져 허공에 흩날릴 때
부모님은 소쩍새가 되셨다

수정처럼 맑은 유리구슬을 꿰던 때
소나무처럼 철갑을 어깨에 두르던 때
부모님도 나도 혜성의 입꼬리가 되었다

시절의 어느 틈바구니에
홀로 남겨진 할미꽃 한 송이!
하얀 된서리를 잔뜩 이고
세월의 무게에 등줄기가 휘어진 채
실바람에도 흔들리는 모습에
나는 황무지 속을 휘적인다

나 홀로 블루홀로 들어갈 때
나는 유유히 웃으나
가족들은 울지도 모른다
만면에 웃음꽃 피우기 위해
오늘도 소명자召命者로 살아가련다

---

* 2019. 3. 16. 창작.

인생人生

이게 뭐지?
나〈너!
경륜도, 연륜도
내가 너보다 작구나!

이게 뭐지?
너≫나!
지혜도, 도량도
네가 나보다 훨씬 대단하구나!

이게 뭐지?
(우리들)-나=|너희들+||!
우리들 속에 있는 나를 죽이니
너희들이 기뻐하는구나!

이게 뭐지?
(너희)+나=(÷)!
너희 안에 들어간 나는
민폐의 가시로구나!

이게 뭐지?
{(나)+세상}=(x)!
내가 속한 세상은
미지의 카오스이구나!

이게 뭐지?
{(세상)+나}=(|+|)!
세상 안의 나는
절대적으로 남는 장사치로구나!

이게 뭐지?
너희÷나=1!
너희와 내가 분리되니
나만의 블랙홀이구나!

* 2022. 4. 2. 창작, 나의 인생을 수학의 기호처럼 쓴 시.

정월대보름

나반糯飯을 오순도순 먹는 날!
너에게서 서라벌의 향기가 난다

요란한 사물패가 집마다 액운을 쫓고
어른들은 동네 공터에서 윷판을 벌인다

아이들은 함지박을 들고 오곡밥을 동냥하고
들녘에서는 쥐불놀이로 밤을 알린다

너의 환한 미소에 목말을 타고
우리는 소원 딱지를 덕지덕지 붙인다

우리는 너를 만나러 달집을 태우고
너는 우리를 달무리에 태운다

너는 기꺼이 우리의 찰밥이 되어주니
올해도 찰진 인생 살아간다

---

* 2023. 2. 5. 정월 대보름날 창작.
* 나반(糯飯)=찰밥

지금 우리는

지금 우리는
앞만 내다보며 힘차게 질주하는 경주마처럼
옆으로 기어다니며 짠하게 멋 부리는 게처럼
먹이만 보면 쏜살같이 낚아채는 송골매처럼
옆을 돌아볼 줄 모르네!

지금 우리는
세상에 보이는 가식의 푯대를 향해
뒤돌아보지 않네! 뒤돌아서지 않네!
서산에 황혼이 깃들면
때는 늦으리! 때는 늦으리!

이제 우리는
하늘에 감춰진 소망의 푯대를 향해
곁을 돌봐야 하네! 옆을 돌봐야 하네!
서산에 황혼이 찾아오면
맘껏 웃으며 맘껏 노래하리!

---

* 2003. 4. 13. 창작, 그날이 오기 전에 후회하지 않으려면 더불어 사랑하며
  잘 살아야 한다는 취지로 쓴 시.

짝사랑

기절한 너를 볼 때마다
자상을 입은 것처럼
너로 인해 쓰라리고
너로 인해 아려온다

이리저리 살펴보고
애지중지 매만지고
요리조리 주무르며
뜬눈으로 지새우던 나

미동조차 없던 너는
생기가 돌며 살아나니
가슴이 몽글거리고
나는 배부르다

---

* 2021. 10. 11. 창작, 고장 난 산업용 장비를 수리하는 나의 일과 짝사랑의 속
   성이 닮아서 빗대어 쓴 씨.

파도 같은 사랑

멀리서 천천히 밀려와
바위에 수없이 부딪혀서
새하얗게 멍든 파도처럼
나로 인한 당신의 희생이 그러하오

나의 심정 마디마디가 저미어 올 때
당신은 썰물처럼
나도 모르게 소리 없이
아주 멀리 속절없이 떠나가네

이제는
막을 수 없네!
가둘 수도 없네!
붙잡을 수도 없네!

새장에 갇혀있던 나의 어여쁜 작은 새야!
이제는 파도가
다듬이질하지 않는 평온한 창공을
맘껏 노닐며 날아다오!

---

* 2003. 4. 5 창작.

혜안慧眼

남에게서 들은 말을 믿지 말고 내가 들은 것이라도 진실이라고 말하지 말라!

들은 것이라도 사실이 아닐 수 있고 보이는 것이라도 진실이 아닐 수 있으며 자신의 착각일 수 있음을 유념하라!

내가 본 것이라도 사실이라고 믿지 말고 사실은 보임으로 나타나는 것이 아니라 존재함으로 자연스럽게 드러나는 것이다.

직접 내가 체험하고 관찰하므로 사물을 직시함으로 심사숙고한 후에 말을 내어라!

현상과 본질은 다를 수 있으며 객관성이 결여缺如되면 오해의 실수를 범할 것이다.

현상을 보고 사물을 판단하지 말고, 본질을 보고 사물을 판단하는 안목을 가져라!

본질에 현상이 귀속되지만, 현상에 본질이 종속되는 경우가 없음을 유념하라!

때로는 사물을 확대하거나 축소하여 생각해 보라!

혹은 뒤집어서 생각해 보고 거꾸로도 생각해 보라!

변형을 시켜서도 생각해 보라!

그래도 해결되지 않으면 묵상해 보라!

지혜와 영감을 주시는 그분이 도우시리라!

* 2007. 5. 20. 창작.

돌덩이

코가 막힌 것처럼 숨이 가쁘고
고구마를 먹고 체한 것처럼 가슴이 답답하다

어떤 이는 돌멩이를 발목에 묶고 살고
어떤 이는 돌덩이를 머리에 이고 산다

누구는 돌멩이를 손에 들고 살고
누구는 돌덩이를 가슴에 얹고 산다

아무는 자갈에 깔려 살고
아무는 바위를 밟고 산다

누구나 무게와 크기는 달라도
돌덩이는 삶을 지탱하는 균형추!

남들보다 돌덩이가 크다고 불평하지 말라
당신의 그루터기가 남들보다 커서 그러하오

돌덩이는 사람마다 크기는 달라도
신이 우리에게 준 시련의 복덩이!

---

* 2024. 6. 7 창작.
* 『문학고을선집 제15집』출품작(2024).

블래드 호수 ▲

2부

여
행
편

가르마

비취색 부항호 위에
외줄에 달린 그네
두 발을 쭉 내밀어 만든
양 갈래의 가르마!

가르마 사잇길로
쏟아져 흐르는 공기 줄기들
개구쟁이 아이처럼
신나게 미끄럼을 탄다

가르마 사잇길 위
창공의 뽀얀 새색시 구름
살포시 옅은 미소로 다가와
촉촉한 뺨 인사를 건네누나!

창공에 만들어진 가르마는
흔적 없이 사라진 가르마
내가 탄 하늘 가르마는
가슴팍에 새겨지는 가르마

* 2019. 9. 18. 창작, 김천 부항호의 집라인을 체험하고서~
* 2023 문학고을 57회 신인문학상 작품, 『문학고을 2024. 봄 Vol.11』 수록.

고래불

그믐달이 코발트 이불 속으로 잠이 드니
병곡柄谷 앞마당에서 너스레 떨던 고래들
파도 알갱이들이 일출에 조각 빛을 토하니
흑백의 복배로 불놀이하던 고래 떼
창공에 군무를 펼치는 기러기처럼
창해에 떼 지어 공중제비하던 고래불!

고래 사태 났던 흔적을 쟁기질하니
오롯이 남아있는 고래 두 마리!
전리품처럼 솟을대문에 매달아 놓은
입 벌리고 고요히 맞이하는 고래 한 마리
임을 기다리다 망부석이 된 여인처럼
동해를 향해 애달피 서 있는 고래 한 마리

두 마리만 남겨둔 채 떠난 고래들아!
너무 멀리 떠나가서 놀이터를 잊은 건지
초승달이 안아 주고 버들강아지 반기는
따스한 봄날에 다시 보고 싶구나!
꺼져가는 고래불을 활활 피우기 위해
애타는 내 심장을 불쏘시개로 쓰고 싶구나!

---

* 2024. 3. 9. 창작. 울진 고래불을 다녀와서 쓴 시.
* 고래불은 고래 사태가 났을 만큼 많아서 붙여진 지명.

금호꽃섬

하늘거리는 코스모스 대구니에
살포시 걸어놓은 웃상들!
하늬바람 타고 온 깃털들처럼
금호꽃섬에 나부끼고…

하얀 쪽머리의 억새들 허리에
시름 한 움큼씩 매어놓는 만상들!
갈바람 타고 온 흙먼지처럼
하중도에 수북이 쌓이고…

하늘을 헤집는 기러기들에게
젖가슴 내어주는 금호강!
도도陶陶하게 거니는 엄마처럼
수달을 등에 업고 노닐고…

하얀 꽃내음 흩날리는 코스모스처럼
가녀린 미수米壽의 노모!
비비적거리며 사는 억새들처럼
나와 함께 유유히 살아가오

---

* 2024. 11. 3. 창작, 모친과 금호꽃섬에 다녀온 후 지은 시.
* 『문학고을선집 제16호』 출품작(2024).
* 도도(陶陶)하다: 매우 화평하고 즐겁다.

노자산 신선

학동고개에서 너를 바라보니
아랫도리는 청록의 비단 치마를 둘렀고
윗도리는 잿빛 두루마기를 걸치고 있구나!

파노라마 케이블카를 타고 올라
더 멀리 풍광風光을 삼키고
더 많이 눈 속에 코딩하려고
너의 목덜미에 걸터앉았다

새들이 곡예曲藝하는 앞뜰에는
펄떡이는 파도를 품은 한려閑麗가 있고
거대하게 드넓은 욕조에는
물빛에 반짝이는 윤슬이 담겼구나!

구중궁궐에서 낚은 자룡子龍
나의 분홍빛 달빛 연인月娘
시를 땜질하는 푸른 고니靑鵠

산마루에서 홀연히 나타난 자욱한 물안개가
우릴 희뿌옇게 감싸서 맴도니
우리가 노자산의 신선이 아니런가!

---

* 2023. 12. 25. 창작, 거제도 노자산을 다녀온 후 쓴 시.

보현산댐 출렁다리

이슬비처럼 살며시 내린 어둠 속
호젓한 호수에 발을 담근 채
무릎에 걸터앉은 너의 자태!

늘씬한 너의 몸을 휘감은 영롱한 보석들!
너를 더 찬란하게 조각하는 어둠의 공로로
밤하늘 뭇별들도 찾아와 너에게 문안한다

호반 위에 핀 거대한 불꽃 송이들!
오늘 밤에도 너를 잊지 못한 채
꿈자리에서 어루만질 거 같다

다양하게 연출하는 너의 공연 속으로
우리는 총총히 걷고 있다

---

* 2024. 10. 9. 영천 보현산댐 출렁다리를 다녀와서 쓴 시.

청풍명월淸風明月

멀리서 청풍淸風에 원앙새가 날아든다
날개깃을 펼치니 청풍이 산들거리고
명월明月 대신에 명일明日이 반기누나!

망월루望月樓 발치 아래 펼쳐진 쪽빛 호수
주름진 손끝에 펼쳐진 푸른 산야
연리지連理枝 사이로 눈 위에 펼쳐진 파란 하늘

한벽루寒碧樓의 뒤안길을 돌아보니
유구한 세월 속에 애환들이 스며있고
나 자신도 이 자리에 서 있구나!

오가며 마주치는 재잘대는 철새들
오가는 철새들의 모습이 청풍淸風이요!
오가는 철새들의 얼굴이 명월明月이구나!

청풍명월淸風明月이 따로 있을쏘냐!
활기차게 살아가면 이것이 청풍이요
웃음꽃 피우며 살아가면 저것이 명월이로세!

* 2017. 3. 1. 창작, 부부가 청풍명월을 다녀와서 쓴 시.
* 『반월 2019 제35호』 출간, 일부 개작.

다산초당(1)

신유사옥 희생양
강진에서 11년 초당 생활
만덕산 허리춤에
먹 가는 소리 새어난다

사회개혁 경세유표
치리 덕목 목민심서
공명정대 흠흠신서
오백여 다발 일필휘지들

절치부심 초야 문고
한지에 심은 얼
앞뜨락 석상石床의 차향처럼
따스함이 우러난다

흑산도의 바닷물
강진의 바닷물
일맥상통 연지석蓮池石에
그리움이 묻어난다

산기슭 오솔길은
다산과 혜장의 연락선
이념 초월한 우정이
동백처럼 피어난다

초당에 서린 님의 얼
심비心碑에 아로새겨
잠든 영혼의 문 두드려
세포분열 일으킨다

유생儒生들은 오간 데 없고
덩그러니 홀로 선 초상화
초당草堂의 기와처럼
애석함이 배어난다

---

* 2021. 7. 31. 창작, 『반월 제37호·2021』 출품작.

다산초당(2)

신유사옥 희생양 십일 년 초당 생활
만덕산 허리춤에 낫질하는 소리처럼
다산의 먹 가는 소리 서걱서걱 새어나네

사회개혁 경세유표 치리 덕목 목민심서
공명정대 흠흠신서 오백 다발 휘지들
청정한 계곡물처럼 줄줄대며 나오네

절치부심 초야 묻고 한지에 심은 얼
앞뜨락 차향처럼 몽글몽글 피어나고
다산의 구들장 사랑 따스하게 감도네

다산의 강진 물, 손암의 흑산도 물
일맥상통 연지석蓮池石에 온기 담은 물방울들
형에게 보내어지는 전령사들이라네

동서로 난 오솔길은 진자운동 잔상들
백련사의 동백꽃을 빨갛게 물들이고
두 사내 오가던 길이 다련지교茶蓮之交이라네

초당에 서려 있는 다산의 숭고한 얼
심비心碑에 새겨보며 영혼의 문 두드리니
개혁의 물줄기들이 살금살금 번지네

따르던 유생들은 오간 데가 없고
덩그러니 홀로 선 다산의 초상화
초당의 기와들처럼 서리서리 잠 못 드네

---

*   2024. 2. 4. 지음, 다산초당(1)의 시를 시조로 개작.

발칸반도 스케치

모스타르 다리 아래 평화로운 옥색 물빛
산등성에 걸려있는 대형 십자가
바둑알처럼 수놓은 모스크와 교회들
상점엔 탄피로 만든 볼펜들
즐비한 건물엔 푹푹 패어 있는 탄흔들
시뻘건 숯불을 머리에 인 것처럼
안타깝고 애잔한 보스니아

영롱한 파란 물에 발목을 담그고 있는
아드리아해의 아름다운 외딴 성
분수대 앞에서 비둘기처럼 구구대는 이방인들
아이스크림 매대 앞에 엿가락처럼 늘어선 연인들
옛 번영을 자랑하듯 웅장한 성벽에
추억과 낭만이 서려 있는 두브로브니크

에메랄드빛 파도의 선율을 따라
발칸의 애잔함을 위로하듯이
해변에 울려 퍼지는 연주곡
거센 은빛 파도가 만들어 내는
중저음의 파이프오르간 소리
자연과 인간의 협주로 들려주는
위로의 자다르 리바해변

사운드 오브 뮤직의 배경을 추억 삼아
기다란 가지에 새들처럼 앉아 한 컷
정원 분수대에서 솟구치는 물보라를
손바닥에서 뻗듯 연출하며 한 컷
파란 천 도화지에 꽃물 가득한 곳
신부神父의 사랑 이야기 미라벨 정원

하얀 구름 띠로 이마를 두른 채
백발이 서리도록 성을 지키는 알프스
저 멀리 어여쁜 언덕배기의 작은 성
은반같이 빛나는 호수 위 작은 성당
등줄기를 긁고 지나가는 쪽빛 바람
데칼코마니 옷 한 벌을 걸치고 서 있는
동화 속 그림 같은 아름다운 블레드

* 2019. 9. 4. 창작, 동유럽을 다녀온 후 쓴 시.

서울 나들이

늘 낯설다
맞선을 보는 것처럼
처음 보는 이들과 조우!

늘 소박하다
구수한 된장국처럼
벗들 만나러 가는 길!

늘 두렵다
마주 보며 달리는 열차처럼
맞부딪치는 시선들!

늘 불안하다
어떻게 다루는지 모르는
우두커니 서 있는 낯선 매표기들!

늘 초조하다
갈피를 모르는 바람처럼
어느 방향으로 갈지 모르는 전철!

늘 무겁다
나 홀로 서 있는 이방인처럼
단출한 이바구 봇짐뿐!

늘 애틋하다
대물을 놓친 강태공처럼
날개 꺾인 푸른 기와집 입성!

늘 투박하다
두부를 길게 썰어 세운 것처럼
북악산에서 본 서울 판때기!

---

* 2024. 4. 15. 창작, 서울 나들이를 다녀온 후 소회를 쓴 시.
* 이바구: 이야기의 경상도 방언

영덕 블루로드

　청룡의 해에 중학교 동기들 블루로드 나들이 가는 날!
　반가이 맞는 벗들 얼굴에 주름이 기지개를 켠다.
　버스 안에서 이야기의 향연이 모락모락 피어오르고 재담 좋은 벗의 짙은 야담은 수위가 높으나 우리들을 무장해제 시킨다.
　실없는 농담 속에서도 알맹이 가득한 삶의 지혜도 송골송골 들어있다.
　나이가 굽을수록 허리도 굽듯이 서로의 등짝을 내밀며 배려하는 모습은 철없던 시절과는 사뭇 다르다.

　풍요로운 모꼬지를 위해 우렁각시처럼 봉사한 벗들과 기꺼이 티셔츠를 선물한 벗님에게 감사의 인사를 건넨다.
　코 밑이 열리면 마음이 열리듯이 어마어마한 양의 회와 고둥들은 쓰나미처럼 우리 마음을 일순간에 쓰러뜨리고 블루로드를 걷는 데 자양분으로 녹아내린다.

　블루로드를 따라 줄지어 서 있는 강구의 기암괴석은 파도가 세상의 한숨 소리로 조각한 거대한 걸작들!
　송홧가루 휘날리고 비바람이 나부낄수록 우리의 심장은 더 힘차게 펄럭거린다.
　한 걸음 한 걸음 내딛는 발걸음은 청춘의 묘약이오! 한 방울 한 방울 내뿜는 웃음 방울은 회춘의 명약이다.

푸른 용가리 통뼈는 조금씩 쇠하나 우리의 우정은 더욱 쇠심줄처럼 강인해진다.

갑자甲子의 강을 넘으니 남녀 모두가 벗이다.
잘난 이도 없고 못난이도 없으니 거울 보듯이 벗들이 내 그림자다.
내 그림자를 함부로 짓밟지 마라!
블루로드를 함께 걷는 벗이 아프면 내 맘은 울적이고, 벗이 힘겨우면 내 심장은 구겨져서 구슬프게 눈물짓는다.

한 푼짜리 세상살이 가느다란 외 줄에 매달려 있으면 씨실과 날실 되어 든든히 엮어서 견뎌 보세!
봄철엔 개구쟁이 개나리처럼,
여름철엔 춤추는 수양버들처럼,
가을철엔 얼굴을 맞대고 반기는 코스모스처럼,
겨울엔 꿋꿋한 동백처럼
기꺼이 서로의 블루로드가 되어주세!

---

* 2024. 4. 20. 창작, 영덕 블루로드를 중학교 동기들과 다녀온 후 지은 산문시.

월영교月影橋에서

며칠 전 한가윗날!
월영교 물빛에 적나라하게 드러난
월랑月娘의 속살
오늘 와서야 알았다

백 년 만에 드러낸 너의 속살을
못 보아 애달프구나!
이제는
나 죽은 뒤에 온다지…

---

*   2022. 9. 16. 창작, 안동 월영교를 다녀와서 쓴 시.
*   월랑(月娘) → 대보름달을 비유함.

3부
———
사
물
편

다슬기

쪼그린 뱃속이 너를 찾는 소리
어디선가 부르는 청아한 너의 목소리

철없는 아이처럼 숨바꼭질하듯이
냇가로, 계곡으로 너를 찾아 나선다

봇짐을 등에 지고
혓바닥을 내밀고 사는 물속의 느림보!

너는 피어난다,
엄마의 손맛처럼 추억의 밥상으로

너는 부활한다,
어둠의 탄성처럼 축제의 반딧불이로

---

* 2024. 8. 4. 창작.

돌

인생은 조약돌!
하루아침에 재잘거리지 않는다

세상은 부싯돌!
서로 부딪혀야 빛을 낸다

범사凡事는 디딤돌!
딛고 넘어야 도약한다

인간은 모난 돌!
서로 잇대야 잘 굴러간다

삶은 짱돌!
부서져야 원초적 흙으로 돌아간다

---

* 2024. 9. 26. 창작.
* "자연의 고귀한 숨결 속에 삶의 지혜가 들어 있다" −청곡(靑鵠)−

까치밥

청명한 늦가을 하늘가에
매미의 소동으로 넋이 나간 감나무들
알몸을 드러내놓고 일광욕을 즐긴다
수줍은 듯 서너 개의 농익은 알로
몸의 일부만 가린 채 우두커니 서 있다

고고枯槁한 감나무 가지에
까치밥이 대롱대롱
매미의 상흔이 대롱대롱
농심農心이 대롱대롱

홍시를 쪼아대는 까치들은 알까!
엄동설한에 겨우살이 먹이 하라고
서너 알 남겨둔 애틋한 농부의 심정을…
매미의 습격으로 초토화된 들녘을 보며
종잇장처럼 구겨진 농부의 시름을…

까치야! 까치야!
훨훨 날아서 날아가서
하느님께 전해다오!
가슴에 서린 농부의 안타까운 사연을…

까치야! 까치야!
훨훨 날아서 날아가서
하느님께 부탁해다오!
명추明秋 감나무에
웃음꽃이 주렁주렁 걸리도록…

* 2003. 10. 25. 창작, 2003년 태풍 매미로 피해를 당한 농부를 생각하며 지은 시.

꽃놀이패

연분홍 벚꽃이 봄기운에 화들짝 놀라고
흑싸리를 불쏘시개로 삼아 불을 지피니
난초가 자줏빛 등불을 밝히는 봄철!

빨간 모란이 탐스럽게 볼살이 오르고
홍싸리가 검붉은 이파리로 감싸니
달빛과 어울리는 한 다발의 여름철!

국화가 샛노랗게 눈망울을 부릅뜨고
오색 단풍이 소리 없이 다가오니
오동잎이 바람결 따라 떠나는 가을철!

제비가 제철을 잊은 채 하늘을 날고
매서운 봄바람에 솔향이 흩날리니
홍매화가 폭죽을 터트리는 겨울철!

뇌리에 스며드는 은은한 솔향
가슴을 파고드는 상큼한 매화향
걸음을 재촉하는 향긋한 벚꽃 향

매화나무에서 임을 기다리는 꾀꼬리
읊조리듯 풍년을 기원하는 두견새
달밤에 하늘을 수놓는 기러기 떼

사시사철 꽃향기에 남녀노소 취하니
시도 때도 없이 즐기는 동양화 딱지놀이
오감을 자맥질하는 마흔여덟 장 꽃놀이패!

* 2024. 3. 24. 창작, 꽃놀이패=화투.

담쟁이넝쿨

허락도 없이 손을 뻗어
남의 담장을 기어오르는 넝쿨
기어오르다 지쳐
따개비처럼 붙어
곤히 잠든 담쟁이!

시샘하듯 툭 건드리고
지나가는 나그네 바람

오뉴월 뜨거운 불화살에
길게 똬리 튼 담쟁이넝쿨!
타는 목마름을 달래려
소낙비에 빨대 꽂은 담쟁이

제멋대로 치렁치렁 꾸미고
담장을 넘어뜨릴 듯한 넝쿨들

남의 집안에 침입하여
간에도 붙었다가
쓸개에도 붙었다가
허파에도 붙었다
간신처럼 아양 떠는 담쟁이

평화롭던 정원에 난데없는 불청객!
하늬바람처럼 놀아볼까?
칼바람처럼 놀다 갈까?
망나니 같은 담쟁이넝쿨

---

* 2022. 3. 15. 창작, 타인의 겉과 속을 제멋대로 헤집어놓는 인간군상을 담쟁이넝쿨에 비유하여 쓴 시.

모교

너를 떠난 지 40년!
늘 꿋꿋이 그 자리에
대들보처럼 서 있는 너

까까머리 머스매들 총대 메고
기합 소리 요란하던 연병장엔
아우성이 잠들어 있고
그리운 고향 생각날 때면
힘겹게 오르던 금오정金烏停 둘레엔
초목들이 병풍처럼 서 있구나!

정성·정밀·정직 동에서
한솥밥을 먹고 자란 우리들

우리는 너로 인하여
기계처럼 강인하고
전자처럼 예리하고
판금처럼 다듬어지고
금속처럼 빛나는구나!

---

* 2023. 4. 8 창작, 고등학교를 40년 만에 방문하고 쓴 시.
* 머스매: 사내아이, 경상·강원 지역 방언

바람

임은 발이 없지만 잘도 걷고
날개도 없지만 잘도 날아다닌다

손이 없지만 어여쁜 꽃을 어루만지고
음악이 없어도 꼿꼿한 초목을 춤추게 한다

입이 없지만 살며시 다가와 키스하고
움직일 수 없는 화초들을 업고 다닌다

임은 보이지 않지만 보이는 듯하고
만질 수 없지만 만지는 듯하다

향기가 없지만 향 내음을 토하고
따스한 품이 없지만 온기를 뿜는다

임은 아무것도 가진 게 없는 듯하나,
나보다 할 수 있는 일이 너무나 많구나!

임을 통하여 나는 바람을 얻었고
나도 임처럼 또 다른 바람이고 싶다

---

* 2024. 10. 6 창작.

소나무 분재

어설픈 내 눈에 띄어서
사무실에 홀로 둔 섬 머슴애!
쑥대머리를 한 채 외나무다리로
물구나무를 선 듯한 너의 모습
아무리 달아나려 발버둥 쳐도
발목 잡혀 옴짝달싹 못 하는 너!

아침마다 말을 건네며 물을 주고
길가에 내놓아 콧바람도 쐬어준다
멋진 어릿광대처럼 부리려고
요리조리 길들이는 난 너의 조련사!
사람들의 눈망울이 너에게로 구르고
오가는 인파 속에 홀로 청청한 너!

길거리 무대 위에 바람결 선율 따라
더벅머리 흩날리며 춤을 추는 너!
더 고고孤高하도록 생채기를 내고
너의 팔을 강제로 비튼다
나는 고대한다, 찬란한 인고의 뜨락에서
다시 태어날 너를

---

* 2024. 4. 29. 창작, 자유롭게 자라야 할 초목들을 관상용으로 키우려고 상
처를 주는 인간의 이기심을 표현한 시.

창窓

아침이면 어김없이 창문을 연다
창문은 상하로 여닫는 쌍 문이다
창은 네모나지 않고 볍씨처럼 둥글다
창유리가 투명하게 맑아도
가끔 사물이 흐리게도 비친다
때론 프리즘처럼 삐딱하게 서성거린다

창은 마음의 옷깃을 여미는 조율사!
창은 사사로운 마음 판때기에
작은 구멍을 뚫어 놓은 하수구다

창은 가만히 제자리에 있지 않고
요리조리 끌려다닌다
대굴대굴 구르기도 하고
횃불을 켜서 다니기도 한다
때론 남의 창을 통해 나의 창을 본다
어둠이 내리면 창문은 슬며시 닫힌다

창은 온 세상을 집어삼키는 포식자!
창은 무대의 막幕을 여닫으며
현실 세계의 출입을 감시하는 개찰구다

---

* 2024. 4. 7. 창작, 인간의 눈을 창(窓)에 비유하여 쓴 시.

아메리카노와 블루베리

수많은 만상의 수다들이
빼곡히 박혀 있는 탁자 위
아메리카노 한 잔과 블루베리 한 컵

너는 아메리카를 좋아하는 보무
나는 블루베리를 좋아하는 사내

난 너의 아메리카노가 되고 싶다
여름철엔 아이스크림처럼
시원하고 달콤한 아메리카노
겨울철엔 군고구마처럼
따스하고 향기로운 아메리카노

난 너의 아메리카노가 되어
식도 줄기를 따라
너의 오장육부를 살피고
고장 난 부위를
말끔히 치료하고 싶다

난 너의 아메리카노가 되어
세포 줄기를 따라
너의 머릿속을 살피고
세상의 찌꺼기를
깨끗이 청소하고 싶다

난 존귀한 임에게
속 시원한 아메리카노이고 싶다

*   2024. 1. 8. 창작, 보무(寶婺)→아내.
*   『문학고을선집 제13집 봄』 출품작(2024).

첫눈

첫눈이 내립니다
눈이 은하수처럼 쏟아지니
눈 사이를 비집고 임에게 갈 수가 없습니다
하얀 눈이 내 발자국을 검게 남기니
낯부끄러워 갈 수도 없습니다
새까만 밤도 환한 눈빛을 숨기지 못하니
남몰래 갈 수도 없습니다
첫눈은 검게 그을린 내 심상心想을 대변하는
새하얀 편지지입니다

첫눈이 내립니다
첫눈이 시커멓게 멍든 나를 위로하듯
새하얀 눈송이로 하나씩 꽃꽂이합니다
임 향한 내 눈이 눈 단지에 소복소복 쌓이니
새하얀 눈꽃도 내게는 소복素服처럼 보입니다
아이처럼 눈사람 만들던 동심도
신바람 썰매 타고 멀리 가버린 듯합니다
첫눈은 시린 내 눈을 하얗게 아프게 하는
야속한 첫 손님입니다

첫눈이 내립니다
내 임이 무엇하며 있을지
상상의 호리병에 깊이 빠집니다
나처럼 눈빛에 시부詩賦리고 있을까!
눈꽃 속에 몰래 숨어 날 기다리고 있을까!
새하얀 사연 지어 첫눈으로 찾아온 걸까!
천상으로 주단 깔고 날 맞으려고 있을까!
첫눈은 끓어오르는 나의 애간장을 태우는
첫사랑의 증표입니다

---

*   2024. 1. 6. 창작.

청곡青鵠

하얀 돛단배처럼
푸른 물결 속삭이는 하늘에
줄지어 항해하는 백곡白鵠들

검은 바둑알처럼
새파란 청춘 품은 호수에
수를 놓는 흑곡黑鵠들

영혼의 단짝처럼
하얀 침묵의 지면紙面에
망중한을 즐기는 청곡青鵠!

그대는 푸른 고니를 본 적이 있는가?
백곡과 흑곡은 천호天湖에 살고
청곡은 그대의 심전心田에 살고파라!

---

* 2024. 8. 22 창작, 작가의 이름 끝말(곤→고니)에 착안하여 시적인 상상의
  이미지를 담아 청곡(青鵠)으로 호를 지은 이유를 쓴 시.
* 청곡(青鵠)=푸른 고니.

통밤

추석 다음 날, 도심 속 길거리에서
처음 마주친 너희들 셋
가시를 곧추세우고 입을 크게 벌린 채
이구동성으로 야단치듯이
버르장머리 없어 보이던 너희들

토실한 알밤을 한 톨씩 입에 물고
동그란 혀를 불쑥 내민 너희들
속살을 꽉꽉 채우기 위해
도심 속 매연과 소음 틈에서
잠 못 들며 치열하게 경쟁했을 너희들

노을이 스미는 나를 위로하려고
셋에서 정답게 마중 나온 너희들
나의 노회한 손으로 너의 겉옷을 벗기고
소중한 손주들처럼 품은 하나비
도심 속 통밤은 뜻밖의 선물!

---

* 2022. 9. 17. 창작.
* 하나비=할아버지의 옛말, 또는 북한식 방언.

포도

엄마의 자줏빛 젖꼭지처럼
동실동실한 너의 모습!

내 입술에 맞닿은 탐스러운 너의 입술
나의 입안에서 소용돌이치는 달콤함!

자줏빛 사랑에 중독된 것처럼
너에게서 헤어 나오질 못하는 핑크홀!

너를 얼마나 열정적으로 사모했는지
나의 방탕함을 참소하는 자줏빛 입술 자국!

---

* 2022. 9. 17. 창작, 영천 까치락골 와이너리에서의 포도 맛을 잊을 수 없어 쓴 시.
* 2023년 문학고을 제57회 공모작.

해물라면

타국살이 떠나는 아들에게
아비가 처음 끓여주는 해물라면 한 그릇
기력에 도움 되도록 전복 서너 마리 넣고
새우살도 넣었다
아비의 투박한 손맛에 달걀과 대파도 넣고
아쉬움도 한 스푼 얹었다
곱슬한 아비의 마음처럼 끓여낸
따스한 해물라면 한 그릇!

길 떠나는 아들의 기억 곳간에
고이 담아주는 사진 한 장
또 하나의 추억 잎새를
마음속 갈피에 살포시 꽂아준다
추억의 길 따라 언제든지 다녀가기를
징검다리 구름도 띄어놓는다
따스한 해물라면 한 그릇은
아비의 애틋한 마음 한 조각!

---

* 2024. 2. 19. 창작, 태국살이 떠나는 아들에게 해물라면을 끓여주고 아쉬움
  을 달래려 쓴 시.

독도 ▲

4부

—

참
여
편

거미줄 인생

우리들 보금자리 안팎에
가느다란 은실로 뜨개질한 거미줄
우리들 삶의 현장 안팎에도
겹겹이 쳐놓은 끈적거리는 그물망

무심결에 포획되는 일벌들
미꾸리처럼 빠져나가는 벌거지들
호시탐탐 노리는 레이더망에
해충도 걸리고 익충도 걸린다

거미줄 사잇길을 빠져나가려
잔뜩 움츠린 몸과 쪼그라든 심장
거미줄은 우리를 옥죄는 올가미
작은 울타리에 가둬버린 거미줄 인생

---

* 2024. 3. 24. 창작. 인간의 유익을 위해 제정한 법률들이 오히려 우리를 옥
   죄는 덫으로 전락한 것을 비평한 참여시.
* "법치보다 덕치가 더 인간다운 삶을 만든다." -청곡-

고풍古風 소리

내 고향 의성의 바람 소리는
자두의 향긋한 내음이 몸부림치던 소리
육쪽마늘의 알싸한 맛이 재채기하던 소리
볼거리들이 지천에서 꼬드기던 소리
이웃의 정들이 문지방을 넘나들던 소리
아이들 웃음이 골목에서 탑을 쌓던 소리

이제, 내 고향의 바람 소리는
추억의 호롱불이 희미해지는 소리
기억의 우물에 샘이 메말라가는 소리
봄바람마저 외로워 구슬피 우는 소리
웃음 탑의 기단이 홀연히 허물어지는 소리
된서리 무성한 허공의 요란한 발길질 소리

편히 누울 땅 한 평조차 없는 내 고향이여!
아~ 꿈나무들이 사라져가는 내 고향이여!

---

* 2024. 9. 1. 창작, 인구절벽의 심각성을 알리고자 쓴 참여시.

구름

이른 아침 가려진 커튼 뒤
다도해처럼 배수진을 친 먹구름들
누군가 구름을 화나게 했나 보다!
찌푸린 얼굴로 마주하니 삿대질하는 이들

한낮 우리들 푸른 초장 위
우르르 몰려온 양떼구름들
우리들 웃음보에 구경하러 왔나 보다!
그늘막이 되어주러 마실 나온 양 떼들

해질녘 서편 언덕배기 무대 위
석양과 운봉雲峯의 환상적인 컬래버
잠자리에 들려니 낯부끄럽나보다!
운하雲霞의 핑크홀에 빠지는 우리들

---

* 2024. 9. 4. 창작, 인간의 환경오염에 의해 변화무쌍한 현상을 보이는 구름
  을 통해 자연보호의 중요성을 고취하고자 쓴 참여시.
* 운하(雲霞): 구름과 노을

낙수 소리

어느 해 보다 긴 장마
늦게까지 TV 보다가 잠을 청합니다
새벽녘에 나를 깨우는 낙수 소리!

또옥 똑! 첫사랑 소야곡입니다
또독 또독! 추억의 환상곡입니다
뚜두 뚜두 두두두두~ 폭우의 행진곡입니다

인간이 도깨비 폭군을 낳았습니다
오늘 습격을 당했습니다
안다리를 걸고 담벼락을 넘어뜨립니다
배지기로 집채도 자빠뜨립니다
이웃의 생명을 앗아갑니다

낙수 소리!
침입자의 발자국 소립니다
울분을 토하는 하늘의 곡哭소립니다
새벽을 지새운 불침번의 한숨 소립니다

---

* 2024. 7. 17 창작, 기상이변의 심각성을 알리고자 쓴 시.
『문학고을선집 제15호』 출품작(2024),

닭·알의 탄핵

닭이 알을 낳았다고
알이 닭을 낳았다고
서로 우기니
탄핵의 부뚜막에 올려졌다

닭이 알을 낳았다는 이는
알을 깨트리고
알이 닭을 낳았다는 이는
닭의 배를 가른다

내가 알이면 너는 닭이고
내가 닭이면 넌 알이 된다
생의 고리를 난도질하는 자들아!
닭·알은 세상의 민초民草들이오

* 2024. 12. 14. 창작.
* 12. 3일 계엄 선포로 탄핵의 강을 바라보며~

88

독도 아리랑

외딴곳에 너를 홀로 두니
구설수에 귀 따갑지 않더냐?
동쪽 이방인이 너의 미모에
눈독을 들이는구나!

네가 얼마나 예쁜지
울릉도서 배 타고
출렁이는 심장 부여잡고
맞선보러 갔어라!

숨겨진 너의 자태!
헬레네보다 월등하고
왕소군보다 수려하고
케이코보다 고고하구나!

태평소를 울리며
너를 나의 신부로 맞으련다
내가 온전한 예복을 입고
너의 든든한 파수꾼이 되련다

---

* 2023. 10. 18. 창작, 독도를 다녀온 후 지은 참여시.
* 2023 문학고을 57회 신인문학상 작품, 『문학고을 2024. 봄 Vol.11』수록.

씨앗을 뿌리는 자들

매일 우리는
곳곳에 씨앗을 뿌립니다
자신의 마음 밭에
남들의 마음 밭에
때로는 하늘 밭에

씨앗을 뿌립니다
사랑과 무심의 씨를
칭찬과 험담의 씨를
감사와 불만의 씨를

또 다른 씨앗을 뿌립니다
배려와 상처의 씨를
진실과 거짓의 씨를
성실과 나태의 씨를

오늘, 지금, 이 순간도
또 누군가의 마음 밭에
거침없이 씨를 뿌립니다
우리가 뿌린 말씨와 마음씨는
은밀한 곳에서 자랍니다

부정의 씨앗들은
마음 밭을 어둠의 긴 터널로 끌어갑니다
긍정의 씨앗들은
마음 밭을 환희의 잔칫집으로 모셔갑니다

우리가 뿌린 씨앗들은
산을 이루고, 강을 이룹니다
이 산은 피폐한 산이요,
이 강은 오염된 물이라오
피폐한 산의 공기를 마시고
오염된 물을 마시며 사노라니
깊은 죽음의 수렁에 빠진 듯합니다

나부터라도
말씨는 맷돌로 갈아 고운 체로 거르고
마음씨는 키로 까불어서
정갈한 씨앗만 뿌리며 살렵니다

---

* 2013. 07. 11. 창작.
* 욕설이 너무 난무하는 요즘 시대에 언어 예절을 고취하고자 쓴 참여시.

페트병의 숙명

　나의 조상은 태곳적부터 흑인종이다.
　세월의 수레바퀴가 다 닳도록 우리 조상들을 알아보
지 못했다.
　우리는 아주 깊은 지하 동굴에서 조용히 살다 보니 눈
에 띄지 않는다.

　어느 날 사람들이 우리의 보금자리를 허문다.
　웅장한 기계음과 진동이 나더니 우릴 세상 밖으로 끄
집어내었다.
　세상은 시커먼 우리와 다르게 아름답고 환하다.

　사람들이 우리들을 감금하고 인권을 짓밟는다.
　우리는 정신을 잃었다가 깨어보니 외모도 다르고 피부
색도 달랐다.
　세상 구경도 잠시 사람들이 자신들 맘대로 우리들을
인신매매했다.
　우리는 원치 않는 섬유공장으로, 정유공장으로, 플라스
틱 공장으로 팔려나갔다.

　나는 플라스틱에서 페트병으로 다시 태어났다.
　인간들은 나와 형제들의 뱃속에 생수를 배불리 먹여
서 판다.

나는 차가운 냉장고에 갇혀있다가 낚시꾼 손에 이끌려 바닷가로 갔다.
　　낚시꾼이 내 뱃속의 생수를 들이마시고 나를 꼬깃꼬깃 짓이겨 바다에 내팽개치는 바람에 나는 의형衣兄과 유형油兄과 생이별했다.

　　나는 나의 형제들이 걱정이다.
　　나와 같이 태어난 쌍둥이 형제들은 산과 들에 버려지고 쓰레기 더미에도 버려졌다.
　　의형衣兄은 3년 이내에 누더기가 될 운명이고 유형油兄은 3일 이내에 화장될 숙명이다.

　　나는 파도에 휩쓸려 다니며 오랜 세월 망망대해를 유리하며 고초를 당했다.
　　나는 누구보다 오랜 세월을 살며 온갖 고초를 경험할 것이다.
　　나의 분신들은 물고기 배 속에서 인간의 몸속으로 들어가 세포를 공격한다.
　　나의 운명을 바꿀 구원의 손길은 어디에 있는가?

---

* 2024. 4. 23. 창작, 화석연료에서 나오는 스티로폼, 비닐과 페트병이 삶의 환경을 심각하게 오염시키기 때문에 이것들의 사용을 법으로 규제하기를 바라며 쓴 참여시.

폭풍전야

한 개비 담배 연기
모락모락~
버리는 쓰레기들
사부작사부작~

달리는 차들 매연
뭉실뭉실~
쉼 없는 공장 열기
이글이글~

아~ 슬프다
군불지기들아!
어찌할꼬?
천덕天德 잊은 지구촌을

잿빛 물든 천개天蓋
떨그럭떨그럭~
천상의 범 소리
크르렁크르렁~

언제 끓어 넘칠까
끓는 물에 데일라
외줄 타는 내 마음
조마조마~

아~ 슬프다!
애꿎은 아이들아!
어찌할꼬?
부글대는 하늘촌을

* 2021. 6. 4. 창작, 『반월 제37호·2021』 출품작.
* 탄소 배출로 인한 기후의 심각성을 알리고자 쓴 참여시.

한푼 줍쇼!

'한푼 줍쇼!'
지나가는 나그네의 주머니 속 동전 한 닢
깡통에 한푼 주던 어릴 적 정겨운 우리네 인심
옛적 주머니 속의 한 푼은 따스한 국밥 한 그릇!

'한푼 줍쇼!'
말쑥한 차림새의 지갑 속 지폐 한 장
적선을 외면하는 요즘의 야박한 우리네 인심
요즘 주머니 속 지폐 한 장은 김밥 한 줄!

"한푼 줍쇼!"
오늘, 길거리에 서서 외치고 싶다
나를 도와달라는 애걸의 소리가 아니라
굶주림에 허덕이는 가련한 이웃의 밥 한 그릇!

"한 푼 줍쇼!"
지금은 글로써 아우성을 친다
한 푼 줍쇼는 소득의 1%를 기부하라는 거라고…
한 푼의 기부로 기쁨을 얻는 행복 한 그릇!

"한푼 줍쇼!"
나는 이렇게 또 외친다
한푼의 돈으로도 행복을 살 수 있다고…
소처럼 벌어 정승처럼 쓰면 이웃의 소망 한 그릇!

* 2011. 05. 05. 창작, 기부 운동 차원에서 쓴 참여시.
* 돈을 버는 것보다 어떻게 쓰느냐가 중요하듯이 우리의 한 푼(1%)이 가난한 이웃에게 희망을 주고 자신이 행복하다면 한푼 나누기 운동에 동참하십시오.
* 주변의 자선단체나 후원단체로 지금 동참하세요!
* 월드비전, 컨선월드와이드, 국경없는의사회, 사회복지공동모금회, 컴패션, 적십자회, 한국나눔연맹.

속 빈 강정

귓불에는 샤넬 향수
얼굴에는 로레알 화장
손목에는 롤렉스 시계
어깨에는 루비통 가방
발에는 지미추 구두
온몸에는 구찌 의상

이마는 녹슨 훈장
입은 썩은 하수구
얼굴은 바느질한 속옷
머리는 텅 빈 곳간
가슴은 차가운 밥통
손은 예리한 부메랑

* 2024. 10. 4 창작, 『문학고을선집 제16호』 출품작(2024).
* 겉치레에만 치중하고 내면은 구린내 나는 요즘의 인간 세태를 꼬집는 참여시.

5부

사자성어 편

구중궁궐口中窮闕

입안에 독설을 함부로 내뱉지 말아요
궁색한 변명도 하지 말아요
사실을 숨기지도 말아요
궐을 비우면 될 것을…

---

* 구중궁궐(九重宮闕): 겹겹이 문으로 막은 깊은 궁궐.

권모술수勸募述手

다람쥐처럼 도토리를 한 톨씩
안으로 알뜰히 모으길 권하고
학의 날개처럼 나눔의 손길은
밖으로 활짝 펼치길 권한다

---

* 권모술수(權謀術數): 목적 달성을 위하여 수단과 방법을 가리지 아니하는 온
갖 모략이나 술책.

도탄지고嘟歎之鼓

남을 함부로 비난하지 마시오!
더 큰 불화살을 맞으니까요
칭찬과 공감의 북을 울리면
나의 좋은 이웃들이 되니까요

---

* 도탄지고(塗炭之苦): 진흙탕에 빠지고 숯불에 탄다는 뜻.→몹시 곤궁하여 고통스러운 지경.

동문서답桐炊鼠譜

먹여 살리려다 양식을 좀 어질렀는데
쥐새끼처럼 망령되이 하지 마세요
거기서 궂은쌀이라도 먹고 살잖아요
곤궁한 시국에 그나마 다행이니⋯

소탐대실少探大實

어리다고 얕잡아 보지 말아요
아무리 어릴지라도 어려서부터
열정을 다하여 사물을 탐닉하면
결국엔 큰 결실을 이룹니다

양두구육良荳釦肉

뱃속에 기름이 가득 차서
기름진 육고기는 이제 사양할게요
동물을 식물로 성을 바꾸세요
좋은 콩이야말로 금테 두른 고기니까요

---

* 양두구육羊頭狗肉: 양의 머리를 걸어놓고 개고기를 판다는 뜻.→겉은 그럴듯
하고 속은 변변치 않음.

양상군자養上君子

땅 위에 군자들이 메말라가니
갈수록 혼돈하고 혼미한 세상
어진 인재를 길러내는 이야말로
이 시대 최고의 진정한 군자다

---

* 양상군자梁上君子: 들보 위의 군자 → 도둑놈

양자택일兩者擇一

편을 자꾸 가르지 마세요
강요하지도 마세요
임들처럼 살기 싫어요
난 자연인이니까요

---

* 양자택일兩者擇一: 둘 중에 하나를 택함

오매불망悟每呪熰

오늘이 새벽빛을 타고 온다
타오르는 불꽃이 없다면
하루도 온전히 살 수 없음을
매일 깨달으며 산다

---

* 오매불망寤寐不忘: 자나 깨나 한시도 잊지 못함

유비무환有備無患

삶이 고단한가요?
속 대문 활짝 열어놓고 울부짖으세요
어리광 부릴 시간에 으르렁대면
근심덩어리가 대문으로 나갑니다

---

* 유비무환有備無患: 미리 준비가 되어 있으면 걱정이 없음.

입춘대길立春大吉

청사靑蛇가 따스한 봄을 물고 왔어요
조심스럽게 봄의 선물을 열어 보아요
그 안에 있는 칭찬의 공이로 절구질하고
올 한 해도 대길의 떡을 서로 나누어요

---

* 입춘대길立春大吉: 입춘을 맞이하여 길운을 기원함.

자가당착慈佳堂鑿

사랑은 아름다운 행위예술입니다
하지만 집의 벽을 뚫고 나가면 안 됩니다
고상高尙한 사랑은 남의 담장을 뚫지 않습니다
하지만 고상翶翔한 행위는 진상이 됩니다

---

* 자가당착自家撞着: 같은 사람이 하는 말과 행동이 서로 어긋남→ 자기모순.
* 고상翶翔: 하는 일 없이 놀며 돌아다님을 비유한 말.

주경야독週景夜獨

주말에 한번은 야외로 나가
아름다운 경치에 눈을 담그고
별빛이 찾아오는 밤에는
홀로 낭만을 쓸어 담는다

---

* 주경야독書耕夜讀: 낮에는 농사일하고 밤에는 글을 읽음→ 어려운 처지에도
  꿋꿋이 공부함.

토사구팽吐邪求彭

사악한 마음은 하수구에 토해 버리고
마음의 여백에 어진 마음을 채우세요
산산이 조각난 이 나라가
하나로 거듭나길 간구하세요

---

* 토사구팽兎死狗烹: 토끼 사냥이 끝나면 사냥개를 삶아 먹음.

영덕 블루로드 ▲

6부

—

신
앙
편

내가 살아가는 이유

내가 살아가는 이유는
그분이 나를 세상으로 보내셨기 때문입니다
부모님이 날 낳아주셨기 때문입니다
사랑하는 가족들이 내 곁에 있기 때문입니다

내가 살아가는 이유는
날 위해 기도해 주시는 소중한 분들이 계시기 때문입니다
아직도 내가 해야 할 일들이 많이 남아있기 때문입니다
내 달란트를 아직 다 쓰지 못했기 때문입니다

내가 살아가는 이유는
잘 죽기 위해 몸부림을 다 쳐보지 못했기 때문입니다
그분께 받을 상급이 아직은 너무나 작기 때문입니다
그분이 아직 나를 천국으로 데려가시지 않기 때문입니다

* 2006. 4. 6. 창작,
* "죽음이 없이는 천국을 선물로 받을 수 없다"-청곡(靑鵠)-

행복한 나

오늘도
은혜의 누해淚海에서
헤엄치고 있는 나!

매일매일
하늘의 눈물 양식을
먹으며 살아가는 나!

내일도
감사의 오로라를
발하며 살아갈 나!

나는 진정 행복한 사람입니다

---

* 2007. 5. 4. 창작.

가을 수채화

싱그럽게 설익은 아침에
나의 애마에 몸을 싣고
농촌의 가을 들녘을 가른다

누가 그려 놓았을까?
눈언저리 저편에
한 폭의 수채화가 걸려있다
아침마다 살포시 물을 머금은
거대한 작품을 눈요기한다

물안개가 막 잠에서 깨어난 듯
벼의 대구니를 비비며 세안하고
뽀사시한 얼굴로
속이 보일 듯한 시스루 차림으로
가을들녘을 누빈다

산 언덕배기 뒤편에
곤히 숨어있던 해의 목덜미가
시곗바늘에 걸려 낯짝을 내밀자
물안개가 수줍은 듯
긴 옷자락을 이끌며 사라진다

물안개의 베일이 걷히자
가을 들녘의 누런 알몸이 드러난다
황금 비단결의 살결이
우아한 자태를 드러내며
내 맘을 훔쳐 간다

오늘 아침에도 나는
물안개의 옷자락을 스치며
가을들녘을 신나게 가른다
멋들어진 수채화 속에 주인공처럼…

내일은 어떻게 그려져 있을까?
날마다 멋들어지게 붓질하는
거대한 그분의 손길이 보고 싶다
내일, 또 다른 수채화를 보고 싶다!

---

* 2003. 10. 12. 창작, 아침 출근길에 차를 타고 달리며 농촌의 가을들녘을 보
고 조물주의 손길에 감탄하며 쓴 시.

그날의 소리

들으셨나요, 그날의 소리를
오순절 마가 다락방에 무릎 꿇던 소리
하늘 문 향해 열흘간 애원하며 갈구하던 소리
백이십 마디가 이어져 하늘 문을 두드리던 소리
하늘 문이 열리며 급하고 세찬 바람 같은 소리
불의 혀같이 갈라지며 내려오던 소리
스무 가지의 음색을 내며 와자지껄하던 소리
사랑방 모임에 한마음으로 깨를 볶던 소리
정겹게 앉아 함께 웃으며 떡을 떼던 소리
시온 화로에 찬양의 향연이 올라가던 소리

들리시나요, 이날의 소리를
금요 부광復光 성소에 무릎 꿇는 소리
하늘 문 향해 두 손 들고 간구하는 소리
일천 마디가 여겨서 하늘 문을 두드리는 소리
하늘 문이 열리며 하늘 곡조가 내려오는 소리
또렷하고 환하게 들려오는 소리
가슴을 저미는 세미한 소리
생명수 냄새가 진동하는 소리
성령의 단비에 흠뻑 젖어 드는 소리
부광 화로에 감사의 향연이 올라가는 소리

들려오나요, 저날의 소리가
달구벌 하늘 아래 무릎 꿇을 소리
하늘 문 향해 두 팔 벌려 신원할 소리
이백오십만 마디마디가 이어져 하늘 문을 두드릴 소리
하늘 문이 열리며 지축이 요동할 소리
팔공의 검은 그림자가 사라질 소리
산중의 탄식이 찬송으로 바뀔 소리
무채색 하늘에 새벽이슬이 머금을 소리
검푸른 들판이 황금빛으로 물들어 갈 소리
달구벌 화로에 기쁨의 향연이 올라갈 소리

---

* 2008. 4. 13. 지음, 대구 성시화(聖市化)를 꿈꾸며 쓴 시.

나의 눈물

내가 지금 흘리는 눈물은
삶에 대한 애환일지 모릅니다
40대의 증후군일지 모릅니다
나의 처지에 대한 서러움일지 모릅니다

내가 지금 흘리는 눈물은
떠난 임에 대한 연민일지 모릅니다
불효함에 대한 후회일지 모릅니다
자식들에게 친근치 못한 애석함일지 모릅니다

내가 지금 흘리는 눈물은
형제들과 늘 화목하지 못한 아쉬움일지 모릅니다
이웃들에게 늘 온유하지 못한 자책일지 모릅니다
그분을 향한 감사의 눈물일지 모릅니다

그분이 모으신 눈물은
내가 힘들고 지쳐서 흘린 고통의 눈물입니다
그분이 측정하신 눈물은
내가 가슴이 아파서 흘린 슬픔의 눈물입니다
그분이 속량하신 눈물은
내가 범죄 함으로 흘린 참회의 눈물입니다

그분이 감별하신 눈물은
내가 모진 세월을 견디어 낸 인고의 눈물입니다
그분이 선별하신 눈물은
내가 은혜에 감격해서 흘린 기쁨의 눈물입니다
그분이 구별하신 눈물은
내가 이웃의 아픔을 돌보는 사랑의 눈물입니다
그분이 측량하신 눈물은
내가 자족함으로 흘린 감사의 눈물입니다
그분이 헤아리신 눈물은
내가 그분께 순종함으로 흘린 헌신의 눈물입니다
그분은 오늘도 눈물주머니에 우리의 모든 눈물을 모으
고 계십니다

---

* 2007. 5. 4. 창작.

나의 심心터

모태에 나를 조성하신 분이
나의 작은 공간에 터를 정하시고
잡초가 자란 곳에 호미질하시며
돌멩이가 박힌 곳에 괭이질하시며
질려가 움튼 곳에 삽질하시며
자갈이 널린 곳에 쇠스랑질하시며
티끌이 나부끼던 곳에 키질하시며
가라지가 생긴 곳에 가래질하시며
썩어있는 토양에 쟁기질하시며
인자의 써레질로 나의 심心터를 평정하시도다!

나의 적신에 영을 조성하신 분이
나의 작은 공간에 기초를 세우시고
진리의 벽돌로 성소의 벽을 쌓으시며
은총의 날개로 성소의 지붕을 덮으시며
자비의 융단으로 성소의 바닥을 펴시며
평안의 휘장으로 성소를 드리우시며
긍휼의 재목으로 성소의 문을 내시며
의의 계단으로 성소를 오르게 하시며
성령의 기름으로 성소의 등불을 밝히시며
구원의 뿔로 성소의 제단을 만드시며

기도의 향유로 성소의 향을 발하시며
찬양의 입술로 경배의 떡을 삼으시며
공의의 검으로 나의 심心터를 안위하시도다!

나의 심心터에 성소를 조성하신 분이
나의 작은 공간에 영적 지경을 넓히시고
신묘한 지혜와 권영權榮으로 일하시며
수용성이 작은 공간을 어여삐 보시며
광활하신 주의 영을 품게 하시며
연단의 채찍으로 나를 정화하시며
고난의 쑥으로 나를 단련하시며
작은 것에 감사함에도 큰 기쁨을 주시며
소망의 원천原泉으로 희락의 생수를 내시며
권능의 손이 나의 심心터를 영화롭게 하시도다!

---

* 2007. 7. 1. 지음, 고린도 전서를 읽고 나서 쓴 시.

당신의 기도祈禱

당신의 두 눈을 감아 보셔요
두 귀를 기울여 보셔요
뻣뻣한 고개를 숙여 보셔요
당신의 거칠어진 두 손을 모아 보셔요
마음의 문을 열어 보셔요

무엇이 들리시나요?
무엇이 보이시나요?
무엇이 느껴지시나요?

무엇을 들으셨나요?
세속적인 소리인가요
무엇을 보셨나요?
세파에 지친 당신의 모습인가요
무엇을 느끼셨나요?
세상의 정욕인가요

흑암의 굴레에서 눈을 떠 보셔요!

당신의 고운 두 손을 살포시 모아 보셔요
부드럽게 고개를 가만히 숙여 보셔요
밝은 귀를 조용히 기울여 들어 보셔요
맑은 눈을 살며시 감아 보셔요
고요한 마음의 정원을 천천히 거닐어 보셔요

백합화가 이슬을 머금고 피어나는지…
백향목의 향기가 피어오르는지…
감람나무의 자태가 아름다운지…
잣나무의 모습이 싱그럽고 푸른지…

이제 보이시나요!
그분의 숲에 거하는 자를 기다리시는 모습이…
이제 들리시나요!
성령의 부르시는 세미한 음성이…
이제 느껴지시나요!
따사롭고 포근한 아버지의 품안이…

---

* 2007. 4. 29. 지음, 호세아서를 읽고 나서 쓴 시.

바보 하나님

내가 아는 바보 하나!
배고프다면 밥을 주고
춥다면 따스한 옷을 주고
전대가 비워지면 채워주고
심심하다면 새들로 지저귀게 하고
수없이 배신해도 변치 않고
넋두리하더라도 들어주고
푸념하더라도 참아주는 바보

세상에서 가장 바보!
아프다면 밤 지새며 간호하고
삭막하다면 꽃들로 꾸며주고
수없이 잘못해도 눈감아주고
될 때까지 참아주고
할 때까지 기다려주고
나 대신 아들 목숨까지 내어주는 바보

바보 중의 바보!
바라보면 볼수록 매력이 넘치고
보석보다 더 빛나는 바보
나는 그분을
바보 하나님이라 부르리!
세상의 가장 바보가
최고의 사랑꾼이어라!

---

* 2019. 4. 26. 지음.
* 넋두리나 푸념은 무속적 용어여서 기독교인들의 올바른 언어생활엔 적합지 않
  으나 은연중에 배어있는 무속적 모습을 표현하고자 의도적으로 사용하였다.
* 넋두리→불평으로, 푸념→투덜거림으로 표현하는 게 올바르다.

사랑의 고백

세상에서 이 꽃보다 아름다운 꽃이 있으리오
모든 꽃 중에 내가 보고 있는 이 꽃은
우릴 위해 피어난 영롱한 꽃이리라
내가, 이 꽃에서 맑은 향 내음을 마시며
그 향기에 취해서 살아왔노라

때론 내가 이 꽃을 시들게도 했고
알면서도 모른 채 무시하기도 했고
일부러 꺾어 보기도 했고
무심코 짓밟기도 했으며
이 꽃의 소중한 존재를 망각도 했으리라!

지나온 세파 속에서도
늘 안개꽃처럼
자신의 모습은 뒤로한 채
나를 돋보이게 했던 소중한 꽃!
나에게 참사랑이 무엇인지
애틋하게 깨닫게 해 준 오직 순결한 꽃!

내가 불혹을 훨씬 지나서야
이 꽃의 아름다운 사랑에 무지했음을
이제야 고백하노라
나의 작은 감사의 시詩 한 톨을 뿌리니
이 꽃이 알음하시기를 원하노라

오가는 나그네들에게 짓밟히고
세상 풍파에 상처를 입고서도
잘 견디어 낸 질경이 같은
이 꽃의 이름은 바로 L.J.C였노라
이 꽃을 이 세상 흠모의 대상으로
피어나게 하신 그분께도 어찌 감사하지 않으리오!

* 2009. 3. 5. 창작,
* L.J.C (Lord Jesus Christ): 주 예수 그리스도

산행

나의 동반자와 둘이 산행한다
둘이서 오르는 산길은 발길이 가볍다
두런두런 이야기꽃을 피우며
숲길을 따라 천천히 걷노라니
어느새 함지산 정상에 서 있다
상쾌한 실바람이 머릿결을 흩날리고
내 맘 한 조각을 실어서 꿈길을 누빈다

산마루에서 눈길 간 우리 동네 얼굴은
마치 어릴 적 장난감 블록 같다
저 작은 블록 안에 몸을 기댄 채,
오순도순 살아가는 이!
아웅다웅 살아가는 이!
고빗길을 오르내리는 이!
마치 개미처럼 오가는 이들의 모습에
나의 주름엔 웃음길이 생긴다

오늘은 나 홀로 산행한다
혼자서 오르는 오솔길은 발길이 무겁다
둘이서 걸을 땐 보이지 않는다
낭떠러지 바위틈 어여쁜 꽃들이…
풀 속에 자라는 이름 모를 작은 꽃망울이…
개울 속에 살고 있는 작은 도롱뇽이…
잔잔히 코끝을 스치는 풀과 흙 내음들이…

여전히 보이는 들풀과 야생화들은
지난해 보던 그 화초들이 아니란걸!
홀로 비탈길을 걸을 땐 느낀다
나 혼자가 아니란 것을…
나와 함께 꽃길을 거니는 그 분이 있음을…
초목을 아름답게 가꾸는 그 분의 손길이
나의 인생길을 가볍게 만든다

---

* 2014. 3. 12. 창작, 삶의 다양한 길을 시에 담아 쓴 시.

악보처럼 살자

오선지의 악보처럼 살자!
때론 낮은음자리처럼
겸손의 허리띠를 동이고
낮은 자세로 남을 섬기고
때론 높은음자리처럼
높은 덕망을 나래 삼아
남을 공손히 대하자!

인생길을 따라 걷노라면
변화무상한 멜로디처럼
희로애락을 만나기도 한다

지루한 삶으로 가득할 땐
쉼표처럼 잠시 쉬어 가자!
내달리다 헐레벌떡 지치면
숨표처럼 한숨 돌리고
웃으며 다시 힘차게 달려보자!

인생길에서 난관을 만나면
때론 건너뛰라는 이정표처럼
과감히 포기하고 넘어가자!
선한 일과 좋은 일은 기회가 되면

도돌이표처럼 자꾸 반복해서
행복 보따리를 키워가자!

안개와 같은 인생 여정이
나 홀로 연주하는 것처럼
외롭게 느껴지거든
서로 부대끼며 살자!
시끄러운 소리가 나거든
여러 가지 화음들처럼
나를 죽이며 나를 드러내자!

인생은 만족이 없노니
마침표를 만나기 전에
창조주를 먼저 만나자!
오선지의 악보처럼
행복 리듬을 타고 사노라면
어느새, 마침표 앞에 서 있으리라!

---

* 2014. 12. 11. 창작.

옹달샘의 복

늘 한결같이 솟아나는 샘물
단비처럼 갈증을 해갈하는 샘물
잔잔히 흘러넘치는 맑은 샘물
도심 속의 아담한 옹달샘!

어디에서 나오는 걸까?
산새들이 만든 걸까!
산짐승들이 만든 걸까!
세월의 무게에 패진 걸까!
조물주의 작품일까!

뿌연 물안개를 걷어 올리고
옹달샘이 젖가슴을 내민다
황금새도 한 모금
파랑새도 한 모금
종달새도 한 모금

한 모금 마시고 하늘 쳐다보고
한 모금 마시고 하늘 쳐다본다
벗들이 밤새 무탈한지 지저귀며 불러본다
누가 오지 않았는지 요리조리 살펴본다

* 2016. 11. 7. 창작.
* 누구나 하늘로부터 받은 복이 있다. 늘 끊임없이 나오는 옹달샘처럼 과하지
  도 모자라지도 않는 조금 넘칠 정도의 복이 나의 복인 것 같다.
* "자족감으로 감사할 때 행복은 찾아온다."-청곡(靑鵠)-

주님이 말씀하시니

가라고 주님이 말씀하시네요.
나같이 부족하고 가증스러운 자에게도
다시 일어나 가라고 하시네요
라마가 사막에서 애절히 어미를 찾듯이
마을마다 영혼의 흐느낌이 전해옵니다.
바른 진리의 말씀과 선교의 영을 품고
사랑과 화평의 마음을 안고
아무나 가려 하지 않고 외면하는 현실 앞에서
자립이 어려운 개척교회로 가라고 말씀하시네요.
차라리 능력 있는 일군을 보내시면 좋으련만!
카투만두도 아니고 카불도 아닌 지척임에도
타인의 일처럼 자꾸만 지체하고 있습니다.
파란만장한 삶보다 굴곡 없는 삶을 살고픈데,
하나님의 소명을 따라 사는 것이 참 제자의 길인 줄은
압니다.

기다림이 좋은 이유는 더 나은 기대 때문입니다.
니므롯같이 용맹스러운 영웅호걸도 아니고
디도처럼 말씀에 잘 순종하는 제자도 아닙니다.
리모델링해서 나를 온전히 변화시키려는지
미흡하고 능력 없는 나에게
비밀리 준비한 의의 병기도 아닌 나에게
시험을 치르게 하시는 뜻을 아직은 확실히 알 수 없습
니다.
이 세상의 빛과 소금의 역할을 다하지 못함에도
지금도 내가 순종하시길 그분은 기다리십니다.
치유하고 생명을 살리는 일을 하라고 하십니다.
키를 손에 들고 계신 분이 나를 부르시니
티미한 나에게 지혜와 능력을 주시는 주님을
피하여 숨을 수 없어 훈련과 양육을 더 받고 가겠노라
고 핑계하고 있습니다.
히브리 민족이 옛적에 그랬듯이 내가 그러합니다.

구세주의 보혈로 먼저 구속받은 우리에게
누구에게나 복음을 전할 능력을 주셨습니다.
두 마리의 작은 물고기와 다섯 덩이의 떡으로 기적을 행하신 주님께서
루하마처럼 부족한 나에게 말씀하시니
무조건 따라야 마땅한 삶이나 현실 앞에 봉착하면 갈등이 생깁니다.
부모로서, 가장으로서 해야 할 일들이 많아서
수수방관하는 자세로 주님의 소명을 대합니다.
우리 주변의 개척교회를 보시며 측은히 여기실 그 마음을 조금이라도 헤아리려
주님이 말씀하시니 이제 결단과 용기를 내어
추수할 일군이 적은 개척교회로 발길을 옮기려 합니다.
쿠린 냄새가 내 몸에 배어있을지라도,
투덜대는 나를 귀히 여기시는 주님이 말씀하시니
푸념하지 않고, 이제 기도의 자리에 든든한 버팀목 하나가 뿌리내리길 기대하면서
후히 주시고 흔들어 넘치도록 교회와 가정에 부어주실 것을 기대하며 따르렵니다.

---

* 2013. 07. 04 지음, 3년간 개척교회를 섬기고 오겠다고 그분과 약속한 것을 지키기 위해 개척교회로 옮기기 전에 쓴 시.

[간증] 주홍빛 환상

　내가 중학교 2학년 때 부친이 간경화로 인해 돌아가셨다. 당시 부친은 평소에는 말없이 조용하게 지내시다가 시골 장날이면 어김없이 술을 마시고 10리가 넘는 길을 술주정을 하며 동네가 떠나갈 정도로 노래를 부르며 집에 들어오시곤 했다. 이런 부친의 모습이 창피스러워 피해 다니기도 했다. 한마디로 부친은 술로 인한 술병으로 돌아가셨다. 부친은 간경화(담석증)가 심해서 병원에서 시한부 3개월을 선고받고 퇴원하셨고, 집에서 그저 그날을 기다릴 수밖에 없었다. 그러던 중에 주변에 치유의 은사가 있는 전도사님이 안수 집회를 한다고 해서 주변의 권유로 지푸라기라도 잡는 심정으로 리어카(손수레)에 부친을 싣고 가서 집회에 참석하게 하셨다. 부친은 집회에서 안수기도를 받고 통증이 훨씬 덜 하다고 하셨고, 이때부터 예수님을 영접하고 새벽기도와 주일예배에 참석하셨다. 이로부터 대략 6개월 후에 부친이 세상을 떠나시기 전, 사과를 드시면서 '아주 달다'라고 하셨고, 마지막 영안이 열리셨을 때, '방안에 노천사老天使들이 가득히 내려오셨다'라고 세 번씩이나 말씀하시고 말문이 닫힌 채 우리의 곁을 떠나가셨다.〈*천사는 영적인 존재라 늙지 않지만 어린 천사나 노천사가 있다는 간증을 볼 때 처음부터 어린 천사와 노천사로 창조된 영적인 피조물 같다〉. 이후부터 우리 가족들은 천국이 있다고 확신했고, 예수님을 본격적으로 믿기 시작했다. 방학 때면, 성경책을 읽는 데 꿀송이처럼 무척 달게 느껴졌다.

2008년 9월 7일은 내가 영원히 잊을 수 없는 날이다. 이날 처음으로 주홍빛 환상(붉은 핏빛 형상)을 보았다. 당시 나는 대구부광교회를 다녔고, 오전 낮 예배만 마치면 오후에는 무료한 시간을 보내려고 줄곧 인터넷 고스톱을 쳤다. 컴퓨터 앞에 앉아 온라인상에서 사람들과 고스톱을 치면서 채팅하기도 했다. 고스톱을 치면서 사이버 돈을 잃으면 간혹 화를 내기도 하고, 어떨 땐 좋아서 혼자 낄낄거리며 웃기도 했다. 이런 나의 모습을 보던 아이들은 나를 어떻게 생각했을까? 어쩌면 한심한 아버지라 생각하지 않았을까 생각해 본다. 그렇게 무료하게 보내던 중에, 고향 후배가 청년부 예배(40대들 모임)에 참석해 보라는 권유로 '나이 든 사람들끼리의 또래 모임이라 서로의 생각과 정보를 공유하면 좋겠다.'라는 생각으로 청년부를 처음으로 참석하게 되었다. 무료하게 보내던 나에게는 참으로 좋은 시간을 청년부에서 보내게 되었다. 일 년 정도 지난 어느 순간 나에게 이런 생각이 들었다. 내가 진정, 예배를 드리려고 청년부에 참석하는가? 아니면, 모임이 재미있어서 누군가를 보려고 참석하고 있는가?'라는 생각이 들어 그때 하나님께 기도했다. '하나님! 내가 진정 하나님께 예배드리러 나오는 게 맞나요? 아니면 그냥 성도의 교제를 나누려고 나오는 건가요? 하나님 보러 나오고 있나요? 아니면 내가 사람 보러 나오고 있나요? 하나님이 기뻐하시지 않는 예배라면 앞으로 참석하지 않겠으나, 하나님이 기뻐하시는 예배를 드리러 나오는 게 맞는다면 나에게 응답해 주세요'라고 묵상기도를 드렸다. 그렇게 계속 간절히 기도만 하면서 청년부에 석 달 정도 참석하지 않았다. 석 달 정도가 지난 후에, 나는 이제 마지막으로 하나님이 기뻐하시지 않는 나의 예배라면 앞으로는 참석하지 않겠노라 다짐하고, 청년부 예배에 참석해서 눈을 감고 기도했다. '하나님! 내가 진정 하나님이 기뻐하시는 예배를 드리러 나오는 게 맞나요?' 하는 순간, 내 눈앞에는 처음 보는 주홍빛 환상(붉은 핏빛 형상)이 펼쳐졌다. 참으로 가슴이 먹먹했고, 그 기쁨과 감격은 온통 나의 눈물샘을 자극하여 흘러내리는 은혜의 눈물을 주체할 수 없었다. 기도드리는 내내 주홍빛 환상이 보였다. 그래도 내가 드리는 청년부 예배와 성도의 교제를 하나님께서는 기뻐하시는구나! 라는 생각을 했다. 그때부터 청년부 예배에 좀 더 적극적으로 참석했다. 그 이후로도 간혹 기도할 때만 주홍빛 환상을 경험하곤 했다.

2010년 7월 26일 날, 나는 일본으로 단기선교를 다녀오게 되는 데, 찬양 선교로 요코하마 복음교회에서 또다시 주홍빛 환상을 보게 되었다. 단기선교를 다녀온 후에, 새벽기도 시간에 하나님께 질문했다. '하나님! 내가 주홍빛 환상이 주님의 보혈을 상징하는 것은 알겠는데 왜 자꾸 나에게 주홍빛 환상을 보여주십니까?' 하고 물었다. 그러자 "내가 너와 함께함이니라!"하는 이 음성이 생생히 들리는 순간 나는 또다시 감격과 감사의 눈물이 펑펑 쏟아졌다. '하나님이 내가 어디를 가든지 나와 함께 계시구나!' 하는 생각을 했다. 이후에 나는 매년 부활절날 대구 종합경기장에서 열리는 부활절 연합예배에서도 주홍빛 환상을 보았다. 비록 몇몇 사람들이 연합예배 시간에 떠들고 잡담할지라도 그래도 하나님께서는 신실하게 예배 드리는 우리와 함께 계시고, 교회의 하나 됨을 위해 연합하고 협력하는 모습을 기뻐하시는구나! 하는 생각을 했다. 또한 경대병원에서 주일예배 봉사 중에 새 신자들이 결신決信하고 세례를 받을 때도, 어느 장로님의 임종 예배 때에도 주홍빛 환상을 보았다.

내가 간증문을 쓴 목적은 이 글을 읽고 한 사람이라도 공감이 되고, 성령의 역사하심으로 감동이 되어 믿지 않는 분들이 주님께 돌아올 수 있다면, 하나님께 영광이 되기를 바라는 마음에서 사실을 근거로 나의 체험을 진솔하게 썼다.

아래의 링크 동영상은 부친의 임종 전에 직접 경험한 모친의 간증 영상입니다. 이 영상은 부친의 추도예배 때 촬영한 영상이며, 간증 인터뷰 중에 거지 나사로와 부자 비유에서 〈마태복음〉이라고 잘못 언급한 것을 〈누가복음〉으로 정정합니다.

"감사합니다. 축복합니다. 사랑합니다"

* 2013. 10. 10. 씀.
* 모친의 간증 영상 링크: https://blog.naver.com/k3tech/90182536356

평양성이 무너지리라!

1907년 평양 대부흥의 영광은 흔적도 없는 성
동방의 철옹성처럼 변해 버린 암울한 성
자신들만의 아방궁에 갇혀있는 칠흑 같은 성
수많은 이들이 굶주리며 헐벗은 피폐한 성
소수의 고관만 배를 채우는 탐욕의 성
충견忠犬들의 아첨과 아부가 판치는 위선의 성
세상에서 가장 살기 좋다고 선전하는 거짓의 성
김일성 왕조의 주체사상으로 물든 우상의 성

가엾은 평양성아!
동방의 예루살렘이라던 너의 영화는 어딜 가고
세상의 저주 거리와 비방거리가 되었는가?
온 세상의 눈이 너를 쏘아보고 있구나!
너희 백성들의 시선을 언제까지 회피하려는가?
언제까지 그들의 고통을 외면하려 하는가?
하늘의 때가 가까이 왔느니라
하늘 보좌에 계신 이가 언제까지 참으시랴!
장막에서 신음하는 백성의 기도 소리를 들으셨느니라

불쌍한 평양성아!
세상이 너를 미워할지라도
평양성에 정의와 공의의 기치를 세우라!
백두산 천지의 맑은 물로 평양성을 정화하라!
압록강과 두만강의 맑은 물을 북녘의 온 지면으로
흐르게 하라!
개마고원에 불을 짚어라!
손에 잡은 한 줌의 권세를 태워라!
백성들의 고통과 신음을 깨끗이 태워 없애라!

어리석은 평양성의 통치자들아!
가증스럽고 탐욕스러운 길에서 돌아서지 않으면
너희의 보좌는 열다섯 해를 넘기지 못하리라!
나의 영이 나에게 속삭여 주느니라!
세상의 조롱거리가 되지 말고
백성의 눈물을 닦아주는 어진 통치자들이 되어라!
평양성에 탄식 소리를 종결시키고
옛 영광을 회복하라!

---

* 2013. 6. 25. 창작, 민족 복음화를 꿈꾸며 쓴 시.
* 나의 영=나의 예감, 예언적 시가 아닌 기원적 시.

현몽하신 예수님

성금요일 고난이 시작되던 날 자정에
잠자리에 누워 조용히 눈을 감았다
온전한 삶을 살지 못해 회개하는 맘으로
고난의 주님을 사모하며 참예하는 맘으로
꿈속에서도 죄짓지 않으려는 맘으로
하루를 더듬어 보며 오늘의 기도를 드렸다
홀연히 미지의 꿈나라로 들어간다

우매하고 보잘것없는 자에게
경건하게 살고자 애쓰나 경건치 못한 자에게
가시관을 쓰신 고난의 주님이 찾아오셨다
두 즈믄 전에 참혹한 십자가를 지신 분!
우리의 허물로 화목제물이 되신 분!
하나님의 말씀에 겸손히 순종하신 분!
고통의 모습은 보이질 않고 영광의 모습으로
추악한 죄인들에게 환한 미소를 지으시며 다가오시었다
주의 영이 교통하심으로 구원의 확신을 주고받자
"주님! 감사합니다"
기쁨과 감사의 탄성을 연발하며
그 탄성 소리에 놀라 꿈나라에서 깨어났다

한없이 부족하고 변덕이 심한 자에게
의심이 많고 말씀에 도전적인 자에게
왜 주님이 현몽하셨을까!
어제는 세미한 음성으로만 들려주시던 주님을
오늘은 가시관을 쓰시고 영광의 모습으로 오신 주님을
내일은 의의 면류관을 들고 기쁘게 맞아 주실 주님을
세상 끝 날까지 찬양하리!

---

* 2007. 04. 22. 씀.
* 성금요일 자정(4. 20.)에 기도하고 잠이 든 후, 꿈속에서 가시관을 쓰신 주님
  이 성도들을 찾아오신 가운데 의심하던 나를 보고 웃으시며 구원의 확신을
  주시던 모습을 시로 씀.

땜장이 시인

나는 작은 땜장이!
기계에 생명을 불어넣는 땜장이
기계가 배탈 나면 고철 덩어리
기계는 움직여야 생명체
기계는 하드웨어나 내 손길은 소프트웨어
내 손길이 기계의 심장을 뛰게 한다.

나는 무명의 시인!
사람의 심장을 뛰게 하는 시인
사람이 탈진하면 고깃덩어리
사람은 활력이 있어야 생명체
사람은 하드웨어나 내 손길은 소프트웨어
내 손길이 사람의 심장을 뛰게 한다.

그분은 만물의 창조주!
우리의 영성을 소생케 하는 분
우리가 기진하면 부패 덩어리
우리는 영성이 있어야 생명체
우리는 하드웨어나 그분의 손길은 소프트웨어
그분의 손길이 우리의 영성을 뛰게 한다.

---

* 2013. 07. 15. 창작, 땜장이 시인=청곡(靑鵠).

윤천潤泉 유중근 시인
서울 새벽빛교회 임병교 목사

●

응
원
글

김경곤 시인의 첫 시집 출간을
진심으로 축하합니다.

윤천潤泉 유중근 시인

　시인과 저는 까까머리 소년으로 금오산 아래 금오공고 동창으로 만난 인연이 어느덧 45년이 되었습니다. 같은 형편·같은 생각·같은 길을 걸어온 친구가 첫 시집을 출간한다니 기쁘기 그지없습니다.

　『청곡 제1시집 시절 여행』은 아름다운 서정이 듬뿍 담긴 친구의 시절과 삶을 고스란히 풀어낸 회고록입니다.

　첫 시집의 상재를 축하하며 앞으로도 독자들의 공감과 희망과 위로를 주는 시인으로 거듭나시고 또 다른 작품 세계를 기대해 봅니다.

＊　유중근, 『삶은 그리움, 그리고 사랑 유중근 시집』, 도서출판 신정, 김해, 2024.
＊　백두산 문학 신인문학상 외 다수 수상.

세상 친구의 인연 같으나 하나님의 섭리로
금오 교정에서 맺어진 형제 된 김경곤 시인의
첫 시집 출간을 진심으로 축하하네.

서울 새벽빛교회 임병교 목사

〈신앙 편〉의 시 17편을 읽고 나서 나는 친구와 같은 시인의 감성과 창의력에 감탄을 보낸다네. 영성 깊은 친구를 만나니 얼마나 귀하지 아니한가! 세속적으로도 아름답고 정겹고 고뇌가 있어서 시가 깊어 보이네.

세상의 범인들이야 종교적인 시상은 이해하기 힘들겠지만, 한 차원 높은 영감으로 쓴 시니 하나님이 받으시는 찬양일세. 친구의 인생살이 넋두리(ㅎㅎㅎ)를 오늘같이 눈 오는 날 찻집에서 소담 나누는 것 같네.

신학적 서평은 은혜롭고 큰 무리는 없어 보인다네. 하여튼 좋은 시 감상으로 흐뭇한 마음이네. 나는 문학적 소양이 졸하니 여기까지만 하겠네. 첫 시집 출간을 축하하며 응원한다네.

다산 박물관 ▲

문학고을
신인문학상
심사평

심
사
평

경쾌하고 유쾌한 상상력과 독백의 세계

김경곤 시인의 〈가르마〉는 가르마에 대한 재미있는 여러 상상력을 비유로 보여준다. "비취색 부항호 위에 외줄에 달린 그네, 두 발을 쭉 내밀어 만든 양 갈래의 가르마"처럼 자칫 빠지기 쉬운 사물에 인간의 감정과 능력만을 부여하는 감상적 오류(Moden painters)에서 벗어난 시각을 보여준다. 특히 사물의 진정한 모습을 묘사하기 위한 노력의 모티브가 인상적이다. 마음이 정서로부터 강한 영향을 받을 때 벗어날 수 없는 잘못된 묘사에서 벗어나 화자의 관찰력이 돋보이는 시어들은 경쾌하면서 생동감 있게 표현된다. "공기 줄기들", "창공의 뽀얀 새색시 구름" 같은 김경곤 시인이 가지고, 이는 경쾌한 언어들의 힘이 느껴진다.

〈독도 아리랑〉은 독도라는 대한민국 국민이라면 모두 알고 있는 독도라는 섬에 대한 시이다. 독도에 아리랑이라는 대한민국의 대표적 민요를 붙인 이 시는 양날의 검을 갖고 있다. 유명하고 모두 알고 있기 때문에 자칫 잘못

휘두른다면 시인의 역량이 바로 드러날 소재 그 자체이기 때문이다. 그러나 화자는 배짱 있게 말을 걸며 "헬레나보다 월등하고 왕소군보다 수려하고 케이코보다 고고하구나"라는 표현을 한다. 무거울 수 있는 주제를 김경곤 시인만이 가지고 있는 경쾌한 독백으로 써 내려간 〈독도 아리랑〉은 적절한 문제의식을 드러내고 있는 재치로 마무리하고 있다.

심사위원 합평

* 심사위원 : 염상섭 교수, 김신영 교수, 양경숙 교수, 한상현 시인, 정혜령 수필가, 이지선 시인.
* 『문학고을 Vol. 11 2024. 봄』, 문학고을 출판사, 56~57쪽.